늦게 된 박꽃

늦게 핀 박꽃

장 귀 숙

최 진 숙

정 순 희

마 서 영

차 윤 희

박 서 현

전 효 선

SOYOYOU

  7인의 시인을 만나고, 함께 시의 세계를 탐하면서 운명 같은 한권의 시집을 만들기 위해 3년을 배우고 익히고 닦아 여기에 그 노력의 결과를 잉태하게 되었다. 훌륭하고 대단한 일을 해낸 7인의 시인에게 박수를 보낸다.

  오랫동안 가슴에 담긴 한恨들이 하나하나 글자로 새겨질 때 그들 마음의 속삭임은 독자들의 마음에 울러 퍼지는 잔잔한 감동으로 자리 할 것이다.

  그래서 더욱더 소중한 시집이 될 것이다.

  그래서 더욱더 사랑스런 시집이 되는 것이다.

  그래서 더욱더 빛나는 7인의 시인인 것이다.

  그래서 더욱더 7인의 시인들을 사랑하게 될 것이다.

Inlapidem 지도교수 **류옥진**

인라피뎀 In rapidem

하얗게 거리를 날아다니는 벚꽃 잎이
원래 다섯 잎이었다는 것을
먼 시간동안 떨어져 있던 우리가
원래 인라피뎀이었다는 것을

펄럭이는 꼬리연이
연줄에서 떨어져 나가고서야
울어버리는 아이처럼
돌아서는 발걸음에 알아차린다

파란 하늘 아래 짙은 강가
윤슬보다 빛나는 인라피뎀
먼 눈짓으로 바람을 따돌리고
둘러 앉아 입맞춤한다

봄 그리고 만남
오직 하나 될 수 있었던 것은
우리는 인라피뎀이라는 것
봄이 가슴으로 잉태된다는 것

봄나들이
– 삼락공원에서

푸른 재잘거림에 깨어
실낱같은 햇살을 안고
계절의 문을 연다

바람 따라 걷는
그의 발걸음이 마술을 부린다

들녘엔
지난겨울 내린 눈이 녹지 않은 듯
하얗게 벚꽃들이 만발하고
방금 물든 초록위로
에두아르 마네가 점심식사를 한다

바람 속 햇살을 따라
바다로 간 그의 품에서
그리웠던 파도의 눈물은 은빛으로 반짝이고
겨울이 못내 그리운 찬 공기에
우리는 옷깃을 여민다

하늘빛 바다에서

긴긴 침묵을 깨고

잔잔한 일렁임으로 읊조리는

그의 노래 소리를 들으며

우리는 그가 왔음을 눈치챈다

문학나들이

― 영도 흰여울마을

곧 걸음마를 떼고
옹알이가 깊어질 이들이
영도 흰여울마을로 나들이를 갔다
마음 한 곳에
묻혀진 것들을 어루만져줄
무엇인가에 이끌려
밤새 뒤척인 눈에는
온 세상의 설레임이 들어온다
기다림이 들어온다

하늘에 오르지 못한 이들이
땅에 색을 입히며 하늘인양
구름을 밟고 무지개를 탄다
하얗게 손짓하는 바다
산토리니의 꿈을 꾸며
어설픈 토마토가 익어간다

흰여울 골목길
어느 집 부엌에
어린 고무신이 입을 벌리고 있다

어릴적 울엄마가 사주신
일곱살 고무신을
닮았다

굽은 골목길 곁으로
바다가 누워있고
고양이가 누웠고
그 길을 따라
마음이 닮은 이들이
나들이를 한다

이제 시작된
걸음마에 힘이 실리고
옹알이에 목소리가 커진다
곧 알아들을 수 있는
언어들을 위한 몸부림
그들의 습작들이 흰여울에 젖어든다

차례

장귀숙

최진숙

정순희

마서영

차윤희

박서현

전효선

장귀숙

작가의 말

계절도 내 삶도 가을쯤에 와 있는 지금, 내 삶에 크나큰 기쁨을 갖게 되었습니다. 떨리는 마음으로 이 글을 적어봅니다.

글이 뭔지도 모르면서 그저 쓰면 되는 줄 알았습니다. 간단히 혹시 나도 대학원에 가게 되면 논문이라도 써야 하니 글이라는 것을 한 번 배워보자 생각했습니다.

그러나 시가 이렇게 새로운 세상인 줄 몰랐습니다. 동아리 활동으로 글방에서 시를 알게 되었고 나에게 시란 단어는 많은 변화를 가져다줬습니다. 작으나마 숨어있던 나의 감성을 깨 주었고 많은 새로운 세상을 경험하게 해 주었습니다. 어설프게 시작한 글 솜씨지만 이렇듯 결실을 맺게 해 주신 우리의 영원한 스승 류옥진 교수님께 고개 숙여 감사드립니다.

저와 인라피뎀(Inlapidem) 가족들의 글은 아직 익지 않은 과일처럼 미숙하지만 따뜻한 마음으로 바라봐 주시길 부탁드립니다. 비록 부족함이 많지만 저에겐 꿈과 희망이자 내게 남은 마지막 사랑입니다.

스승님

처음 가보는 길
그 길가 꽃처럼 나무처럼

언제 어느 자리에서나
보석처럼 빛나는 당신

봄 햇살처럼 다가와
한여름 뙤약볕으로
나를 키우고

가을날 영글어 갈 열매를
숨죽여 기다려 주시며

하얀 겨울을
이겨 낼 수 있도록
용기를 주시는

무지갯빛 당신을
닮고 싶습니다

막걸리

이슬비 맞으며
논둑 밭둑 가는 바쁜 발걸음
푸른 손놀림에
하늘 가운데 태양이 선다

아버지 목마름 달래주려고
작은 손에 들려진
찌그러진 주전자의 하얀 물
나도 몰래 한 모금

빨간 볼 누가 볼라
종종 걸음 쳤던 그 물
아버지 즐기시던 하얀 막걸리

오늘
그리움 되어 나를 취하게 한다

잡초

장미꽃 넝쿨 아래
남몰래 피어난 잡초
예초기 소리에 땀이 흐르고

풀냄새 코끝을 두드리며
이마를 쓰다듬은 바람 따라
어디선가 다가오는 풋풋한 향기

누가 잡초라 했나
향기마저 잡초일까

동무

바람 불어 좋은 날
어여쁜 여인들의 조잘댐이
나에게 힘이 되고 사랑이 된다

여름날
시원한 커피 향에
서로의 마음 나누며

어제도 오늘도 앞날도
네가 있기에
꽃 같은 날이라고

옥색 치마

부지런히 오가는 세월이지만
늙지도 않는 울 어머니

오래된 감나무 아래
옥색 치맛자락 고이 잡고

고추 푸대 머리에 이고
어린 자식 배 채우려
십 리 길 돈 사러 가시던 어머니

이쁜 자식 생각
미소 가득 지으며
대문을 나선다

가을 햇살 늙은 감나무 잎을 비추고
옥색 빛 어머니 치맛자락 내 가슴에 물든다

그날처럼 비가 내리고

철없던 시절 원망으로 떼쓰고
고집스럽게 울었던 그날
눈물 따라 하늘엔 비도 내렸죠

가슴으로 눈물 삼키며 안아 주시던
따스했던 엄마의 품

이제 당신이 사신 세월보다
긴 세월을 살아온 늙은이 되어
그 시절을 참회합니다

어머니
오늘도 그날처럼 비가 내리네요
당신의 그리도 갈망하던
석학의 탑을 쌓고 있으니 시름 내려놓으소서

주루룩 떨어지는 빗방울에
당신을 향한 그리움으로 눈물 맺히고
존경과 감사를 드립니다

딸래미

살림 밑천 큰딸
이리 보아도 예쁘고
저리 보노라면 사랑스런

작은 체구 큰맘을 가진
모르는 게 없는
내 딸이어서 행복한

두 아이의 어미이지만
아직도 앳돼 보이는

이웃집 아이들에겐 선생님
엄마에겐 조교님
형제에겐 리더님

우리 집 보배

가을

하늘이 높은가 했더니
내 마음이 저 멀리 있고

단풍이 아름다운가 했더니
내 친구들 마음이 예쁘고

황금 들녘이 부자인가 했더니
내가 사람 부자이고

풍성한 가을이
내 사랑이었더라

소소한 전쟁

부부는 일심동체
누가 그런 거짓을

참 잘도 지은 말이군
부부는 각각 등 보체인 것을

있으면 좋고
여행 가면 더 좋은

밥 달라 물 달라

이젠 혼자서도 할 수 있어야지
저승 갈 때는 더욱이 혼자 가야 하거늘

아침 하늘

바다를 옮겨놓은 것 같은 하늘
미래의 꿈과 희망을 알려 주네

잠자리에서 일어나 처음 마주하는 높은 곳
오늘의 기쁨을 안겨주고

꽃잎에 비친 영롱한 빛을 보내주고
이슬에 빛의 아름다움을 나누고

나에게도 힘내라 일러주네

나이 들어보니

십 대엔 철없었고
이십 대엔 청춘을 즐겼고
삼십 대엔 삶을 시작했고
사십 대엔 자식이
오십 대엔 새로 시작한 한풀이 공부가 전부였고
육십 대엔 남은 삶을 보람되게 살고자 노력 중이다

내 삶이 끝나는 날
후회 없는 삶이었다고
행복한 여행이었다고
감사하게
사랑만 남기고 또 다른 여행의 길로 떠날 때
나에게 남음이 있다면 모두 나누고
흔적 없이
바람과 물과 흙으로
돌아가고 싶은 소망 하나 간직합니다.

내 인생의 경영학

하얀 서리를 머리에 이고서야
대문을 나서며 나에게 묻는다

이웃에게 어떤 배려를 나누었는지
어른들에게 진심으로 공경하였는지
아이들에겐 귀감이 되었는지

어두운 밤 보름달에 깃든 생각 따라
내 삶에 재무제표를 엮는다
재무상태표와 손익계산서는 영일지라도
나름의 노력이 결실을 맺었고

새천년을 살아줄 손자들이 있으니
나 이제
서리 맞은 어른이 되어
하늘을 황혼색으로 물들일 내 삶의 빛깔을 남긴다

가을 들녘

누렇게 물든 대지
먹지 않아도 배부르니
나는 부자다

여문 벼 이삭 고개 숙인 모습
겸손을 가르쳐 주니
나를 돌아본다

빠알갛게 물든 고추
푸른 시절 잊었을까

나팔꽃 줄기 따라 피어
끈기 있게 오르라 말하고

구절초 향기에 사랑 찾는 벌 나비
영원히 살 것 같이 사랑하라 한다

최진숙

작가의 말

　나는 육이오 둥이 1950년 생입니다. 50년대의 보릿고개, 잊을 수 없는 어린 시절을 보낸 세대입니다. 그 당시는 우리나라 국민 거의가 문맹자였고 학교는 부잣집 자녀만 한두 명 갈 수 있었습니다.

　가난한 시대, 혼란의 시대, 4.19, 5.16, 새마을운동, 우리나라 근대사에 칠십 년 세월을 부대끼며 열심히 살아내고 늦은 나이에 나를 찾기 위해 학교에 입학했습니다. 힘들고 어려운 학문의 길에서 글을 쓰고 시를 쓴다는 것은 새로운 희망으로 자리매김해주었습니다.

　부산경상대학에서 훌륭하신 류옥진 교수님 지도로 인라피템 문학 동아리에서 글을 처음 접하게 되었고, 지난 세월 추억 돌이켜 하나하나 글로 써보면서 지금의 새로운 그 시절이 내게 오고 있음을 느낍니다.

　서툴고 모자라는 저의 글을 읽으실 분들께 부끄럽고 미안한 마음입니다. 첫발 떼는 것이 어려웠지만, 이제 조금씩 좋은 글을 쓰려고 노력하고 있고 그러한 저의 글이 점점 세상을 아름답게 볼 수 있는 눈으로 길러지고 있습니다. 덕분입니다. 감사합니다.

봄

살랑이는 봄바람 타고
강물도 춤을 추네
강가에 핀 하얀 꽃은
꽃비 되어 날리는데
이름 모를 노란 풀꽃
봄 햇살과 입맞춤하네

내 마음도 꽃이 되어
너랑 나랑 놀아보고 싶구나

유월의 그리움

푸르름의 계절 유월의 초엿새
그리움의 사이렌이 천지에 운다
가던 길 멈추고 하늘을 보면

흰 구름 몽글몽글 이름 모를 얼굴들이
어느 골짜기 어느 능선에서
나라 위해 산화한 얼굴들인가

묵념하라는 울음소리에 고개 숙이면
애잔한 마음이 가슴이 아려온다

힘겹게 전선을 뛰었던 내 아버지
평화로운 천상에서 행복하신지

뻐꾸기

청보리 익어갈 즈음
산골의 이른 아침은
고요함에 묻힌 채

뿌연 안개 산허리 휘감고
간밤의 이슬비에 초목은 갈증은 달랜다

적막을 깨우는 뻐꾸기 소리
이산, 저산에서 메아리 되어 화답하네
짝 찾는 신호인가

어떤 새 둥지에 탁란해 놓은
자식 찾는 소리인가

뻐꾹 뻐꾹 뻑뻐꾹 화음 맞춰
지들끼리 잘도 노네
나도 따라 리듬 맞춰 함께 놀고 싶네

가을

너
참 예쁘다

티 없이 파란 하늘
발그레 변해가는 산봉우리 위
그려진 하얀 꽃구름

하늘하늘 빨간 코스모스
빛바랜 파랭이 줄기
하얗게 흩날리는 갈대꽃

떼 지어 놀고 있는
고추잠자리 한 무리처럼
너를 안고 머무르고 싶다
가을아

그때 그 시절

솔가지 꺾어다 고래 굴에 밀어 넣으면
솔향기 가득한 아궁이 연기에 나는 눈물이
내 설움 씻어버린다

군불 땐 따뜻한 아랫목 엎드려
솔잎 서너 개 입에 꼭꼭 씹으면
달콤 텁텁한 향기가 입안에 감돈다

향로성냥 목각 위에 종지불 얹어 놓고
글줄이라도 읽어 볼라치면
문풍지 샛바람에 불꽃이 흔들려
앞머리는 사르르 타서 노랑 내음으로 방안을 메운다

무명꽃

동짓달 기나긴 밤 울엄마 물레 소리
하얀 실 따라 나는 노랫소리는
손풍금 소리처럼 까만 밤을 울린다

물레가락 끝 무명실이 한숨으로 감기면
씨줄과 날줄이 서로 얽혀들며
열한새 베 한 필 짜이듯

스물셋 청상의 서러움은
베틀 위에서 녹아들고

긴 겨울밤 어머니의 그리움은
새벽닭 울음소리에 들창을 열고
동트는 먼 하늘 바라만 본다

늦게 핀 박꽃

철 지나 핀 하이얀 박꽃
혼자 피어나며 향기를 토하는
청초한 네 모습이 참 곱다

해거름 녘
오므라드는 박꽃 속에 담겨질
지나간 그리움을 싸서
세월의 뒤안길에 고이 묻어둔 채

넝쿨 끝에 매달리는 어린 박이
환한 얼굴로 이제 말하네
짧은 세월 잘 살았노라고

노을

참
곱다 노을이
곱디고운 오방색 물감을 들이부었다

뉘의 올망졸망한 꿈도
지나간 세월도
제각각 색을 갖고 노을을 그린다

한낮의 작열했던 햇살이 산 너머 숨었고
산마루는 조금씩 어둠에 묻히는데
노을은 여전히 꽃 그림이다

청춘들의 아름다운 사랑이 핀 꽃밭이었다가
우리들의 행복한 둥지였다가
내 인생의 뒤안길이었다가

새털구름이 색을 입는다
저무는 하늘이
참 곱다

동무 생각

새로 바른 문종이에 그림이 그려졌네
감나무에 걸린 하얀 달빛에 비친
떨어지다 남은 붉은 감잎 단풍
대롱거리고 있다가 어디로 날아갈지

차가운 골목 바람 문풍지 흔들면
드르르 소리 내는 겨울밤에
소쿠리 가득 쪄놓은 꿀고구마 향기에
따끈한 아랫목에서 허기를 느낄 즈음

도가니 속에 숨겨놓은 대봉감 홍시
살짝 꺼내 고구마 찍어
한입 베어 물면 먼저 떠난 동무
달빛 비친 들창에 아른거린다

지나간 여름

머리 위 땡볕은 아직도 따가운데
살포시 볼을 만지는 바람은 제법 상큼하다

입추 지난 절기에 가을은
어디쯤 어정거리고 있는지
갈 길 바쁜 왕매미 울음
긴 여운 메아리 되어 돌아온다

지나온 나의 한여름이 그래도 그립고
아쉬움 속에 한 걸음씩 내 가을도
조용히 다가올 뿐

되돌아갈 수 없는 여름이
긴 추억으로 마음에 담긴다

정순희

작가의 말

우연한 기회에 늦깎이 학생으로 부산 경상대학교에 입학
하게 되었습니다.

시인이신 류옥진 교수님과 인연이 닿아 문학동아리 경상
글방(인라피뎀)에 들어가 오늘날 여기까지 오게 되었습니다.

새로운 도전에 힘을 실어 주셔서 감사합니다.

아궁이

타버린 아궁이의 장작이
가족들 옹기종기 앉은 방에
온기로 들어찬다

어린 시절 아궁이 앞에 앉아
장작불을 넣으며 저녁을 지으시던 엄마

장작 타는 소리는 타닥타닥

아궁이에서 나오는 연기는
고단한 엄마의 눈을 쓰다듬고

가마솥 뚜껑 가장자리에서 흐르는 눈물
엄마의 눈물인가

엄마가 차린 아궁이 밥상에 둘러앉아
눈물겨운 사랑밥 나누어 먹던
그 시절이 눈이 시리도록 그립다

벚꽃

햇살의 간지러움을 참지 못해
함박 미소로 활짝 피었구나

한올 한올
꽃잎들이 떠나가기 아쉬워

바람의 힘으로
온 세상 머리 위에
꽃비를 뿌려주고

우리의 마음에
웃음보따리를
한 아름 선물한다

봄은
꽃들의 아름다운 이야기로
하루해가 저물어 간다

아버지

햇빛 따스한 어느 봄날
산 중턱에 어린아이가
햇살을 가득 안고 앉아있네

봄이 되면 어린 나를 데리고
지게를 등에 업고 나무하러 가시던 아버지

나무들이 잎을 꺼내고
강가의 버들강아지는 바람의 장단에 맞춰
흥에 겨워 활짝 웃음을 머금고

정말 봄이 왔네

새순 올라오는 칡 순을 먹이고 싶어
봄에만 데리고 다니셨지

그리운 나의 아버지
보고 싶다

스승의 은혜

연필 속에 수많은 단어가
웅크리고 있듯이

나의 마음속에 자리매김하고 있는
많은 꿈과 희망들

그 꿈들을 펼쳐 나갈 방법을 몰라

어둠속을 헤매일 때
별빛처럼 내게 다가온 스승님

열정으로 가르쳐 주시는 스승님
베풀어 주심에 감사와 사랑을 전합니다

선물

여린 초록 잎이 짙은 녹색의
생명력을 재촉하고
봄비가 내리던 날

사랑이 열매를 맺고
새 생명이 탄생하였다

천륜의 선물
나의 손자 이든이
어버이날에 내게 왔다

오빠

깊은 산골짜기
자연이 만든 커다란 가마솥에

구름이 만들어 놓은 수제비가
둥둥 떠다니고

단풍이 꾸며놓은 예쁜 고명에
나도 모르게 꿀꺽 침을 삼켜본다

동생이 수제비를 좋아한다고
반죽을 해놓고 기다리던

오빠가 보고 싶어
내 마음은 벌써 울산으로
향해 달려가고 있다

억새

온산이 소금을 뿌려놓은 듯
하얗게 반짝이며 눈이 부신다

푸르던 내 청춘은
어느덧 가버리고

머리에는 하얀 서리가
내리고 있네

바람에 몸을 맡기고 이리저리
흔들거리고 있는 억새처럼

앞으로 남은 삶도
세상을 온몸으로 안으며
잘 살아 내겠지

벗

억수같이 쏟아지는 빗속을 뚫고
우린 만났다

바라만 보아도
웃음 짓게 만드는 우리

한 치 앞을 볼 수 없는 운무에
우리는 넋을 잃고 한참을 바라본다

굵은 빗방울이 산속 나무들의
묵은 때를 말끔히 씻어 버린다

한층 더 푸르른 산빛은
우리의 미래다

너와 나의 인생도
이제부터 빛나길

골목길

한여름의 불타는 태양처럼
펄펄 끓어오르는 십 대 때 만난 친구들

가벼운 손짓 하나에도 까르르르

기쁜 마음으로 달려가 보지만
도무지 찾을 수가 없어
같은 자리에서 뱅뱅뱅

몇 번을 가봐도 헷갈리는 동네
똑같아 보이는 골목길

지금은 어디에서 무얼 하고 있는지
추억의 한 자락을 잡고서

어린 시절 뛰어놀던 그곳으로
그리운 얼굴들을 떠올리며
그 길을 걷고 있다

이슬

하얗고 이쁜 치아를 내어놓고
활짝 웃는 너의 모습이 정말 예뻐

부지런한 너는 마실을
일찍도 나왔구나

그 작은 몸으로 온 우주를 이고
힘든 내색 한 번 하지 않고

친구들과 옹기종기 모여 앉아 재잘재잘
햇님과의 눈싸움 한번에 사라질 운명이건만

마지막 순간까지 영롱한 자태를
뽐내고 있는 너의 모습
눈이 부시고 아름답구나

그리움

먼 산 아지랑이
뭉게뭉게 솜사탕처럼
피어 오를 때

문득
오래전에 헤어진
친구가 생각난다

언제나 환하게
웃어주던 그녀

철없던 그 시절 그리움은
까마득히 잊었던
그녀를 데려온다

오일장

어릴 적 엄마 손잡고
다니던 추억이 생각나

오랜만에 오일장을 찾았다
그렇게 북적거리던
사람들은 다 어디로 갔는지

장날 느낌이 나지 않고
한산하기만 하다

많은 인파 속에서
이리 치이고 저리 치이고 하던
그 시절이 그립다

마서영

작가의 말

나에게 있어 시를 쓴다는 것은 가시 가면을 벗은 밤송이 같은 것이었다.

주부로 엄마로 오롯이 살아온 50년 세월이 살았다기보다는 살아내느라 나를 돌아볼 겨를도 없이 그저 바람처럼 지나간 세월이었을 것이다.

누군가 글이란 "나를 발견하기 위해 글을 쓴다'라고 했다. 하얀 여백에 마주한 나의 세상은 시로 표현하기에 막연하고 겁부터 났었다.

시를 쓰는 법도 몰라 많이 부족하고 아직 부끄러운 시이지만 시를 쓰면서 나를 발견하고 또한 아름다운 시를 고운 내 목소리로 표현할 수 있다는 것은 나에게 축복이었다. 늦게나마 깨달은 세상을 서툰 글솜씨로 표현한다는 것은 행복이었다.

앞으로 솔직하고 아름다운 시를 통해 내 삶의 질적 변화를 기대하고 많은 사람들과 시를 통해 공감하고 지쳐가는 세상에 작은 쉼표를 표현하고 싶다.

마지막으로 꽁꽁 얼은 내 마음의 온기를 불어 어렵게 나를 성장하게 이끌어주신 시인 류옥진 교수님께 감사인사 올립니다.

아침노을

새벽 바람 소리에
덜 깬 눈으로 창문을 열었을 때
감은 눈을 사로잡는
저 멀리 붉은 석류빛 노을은
흑빛 공단을 드리운 깊은 잠에서 깨어나
붉은 옥색 비단으로 넓은 세상을 시작하게 합니다

이리저리 바람처럼
굽이굽이 먼 길 돌아
어느덧 중년의 아침은
생생하고 풋풋하던 바다에서
붉은 석양을 닮은 노을빛 아침을 맞이합니다.

매일 아침 같은 항로를 떠가는
외로운 어선 한 척이 쓸쓸하게 내 마음 길과 함께합니다.

이제 하얀 서리 내리는 바다를
햇살과 바람의 노래로 채워야 하겠습니다
나의 남은 인생처럼

가을 민들레

푸른 하늘, 넓은 초원
오가는 가을 길가에 피어난
이름 모를 노랑 하양 가을 민들레

시간과 욕심에
숨 가쁘게 달리기만 했나
내 머리엔 하얀 민들레가 뿌리 내렸네.

행복 씨앗 바람에 흩날려
노오란 웃음 머금고
슬픈 씨앗 흩날려
쌉싸름 가을향기 발끝에 담기고
가는 목 길게 빼고 그래도 잘 피웠노라
방긋 웃는 가을 민들레.

갈맷길

백운포 끝자락
여름 하늘 풍경 맞으며
뚜벅 뚜벅 길을 걷는다.

코끝에 품은 흙냄새는
사람도 품고,
바람도 품고,
자유도 품고,

그림 같은 해안 절벽
철썩이는 파도 소리
대자연의 자유를 목 놓아 부르짖는다.

저어 건너 바닷바람 머무는 곳에
구름도 잠시 쉬어 가렴
자유를 찾기 전

거울 속의 너

마주 선 거울 속에
만나고 싶은 사람이
그 속에서 활짝 웃고 서 있네.

먹같이 깊던 어둠 속에서도
별빛처럼 빛났던 너
50년을 거슬러 지나온 그 길 위엔
많은 추억이 피고 있네.

한 방울 눈물 머금고
달콤 한잔 사랑 머금고

황혼을 기다리는 너는
거울 속 저편에서
또 누구를 기다릴는지.

갈무리

꿈을 놓지 않고 달려온 길
질기게 끈에 이끌려 온길

쪼갠 시간들이 보석으로 영글어
모자이크 같은 인생이 빛난다

좀 더 쪼개고
좀 더 다가갈 걸

안타까운 지난 시간
설레는 다가올 시간
조용한 생에 불꽃처럼 쏟아지고

갈무리의 시간 속에
후회의 손짓을 숨기고
또다시 꿈을 꾼다

중년이 되어

봄빛 햇살에 재잘거리던 치맛자락
꿈 많은 여고 졸업반
19세 처녀 속마음

풋사과 싱그러이 한 잎 베어 물고
새콤한 설레임에
잠 못 이루던 첫사랑

인생의 시계가 오후 1시를 알리면
먹구름도 이겨내고
바람도 친구 하며 중년에 선다

붉은 단풍 물들인 옷고름 잡고
지난 세월을 지워내는
만년 소녀로 살고 싶네.

바람꽃

희미한 달빛 그늘
먼바다가 보이는 산자락에
수줍은 보조개로 피고

바위틈에 숨어 소리 없는 눈물로
바람 따라 떠돌다
수평선의 너울이 되고

가녀린 몸에 부딪히는
하얀 바람을 닮아
여름날 눈꽃으로 흩날린다

한겨울
바람의 씨앗이
슬픈 추억을 안고 갯바위에 내려앉는다

갈매기

새벽이슬에 잠을 설쳤을까?
깨어보니 동네 친구 마실 소리에
온 동네가 시끄럽다.

마천루 아래
둘러 앉은 갈매기 떼는
아침부터 이 집 저 집 참견이다.

잔잔한 바다는 소리 없이
늘 그 자리에 철썩이고
바다 위 오륙도 300여 년을 한결같이

변하는 것은 시간뿐

세상사 모든 것을 일찍이 알았더라면,
사랑도 꿈도 세상살이도

해도 달도 바다도
그 자리에서 변함없이 반기거늘
변하는 것은 내 몸의 주름 망태기뿐이네.

오늘 아침
갈매기가 재잘거리며 물어다 준 진실들
아침이면 만나는 친구가 되고 싶어

수평선 넘어

긴 물빛 바다와
높은 구름 빛 하늘이 맞닿은 곳.

너를 기다리는 그리움에
내 눈길은 항상 그곳에 잡혀 있어.

쪽빛 비단을 깔고
조용히 한 폭 치맛자락 같은
설레임이 시작되던 그곳.

어느새
그 너머로 숨어 버린 사랑

미연未然의 그리움은
외로움의 너울이 되어 버렸어

길고도 먼 저 너머
너는 잘 지내는지

첫눈 내린 길 위에서

새벽안개 걷히고
밤새 조용하던 길 위에
하얀 눈가루가 미소를 머금었네.

아침이 올 때까지
긴 기다림으로 내린 흰 눈이
오늘을 새롭게 하여라

달리는 지붕 위에
흩날리는 솜 가루가
오래전 내 사랑도 함께 배달하려나

흰 눈꽃 속에 담긴
내 마음의 추억도 함께
햇살을 받아 반짝인다

국화 피는 날

11월
깊어진 가을바람에
코끝에 살랑거리는 국화 꽃내음

어릴 적
우리 집 낮은 담벼락 위에 피었던
아버지의 노란 국화꽃

꽃바람 따라
온 세상 가득
행복 울타리를 만들어 놓았지

수줍은 짝사랑은
그 국화꽃 담장 넘어
바람 따라 향기 따라 내게 오고

깊어진 가을
국화꽃 피는 바람에
추억도 따라 다시 피네

흐린 가을날의 편지

흐린 가을 길 위에
쌓인 낙엽이 수채화 물감을 뿌려 놓은 듯
노랑 단풍잎 하나

곱게 꽂은 잎은
지난 추억을 책갈피에서
다시 써 내려가는 사랑 편지

별을 그려 사랑의 시를 쓰고
부채꽃 말린 꽃다발 한 아름으로
너랑 나랑 가을을 노래했지

흐린 가을 하늘
높은 구름 위로
너에게 가는 내 마음의 편지

차윤희

작가의 말

52살 어느 날 저는 시를 만났습니다. 이 시집을 쓰게 된 계기는 나 자신의 삶에서 찾은 조용한 아름다움이었습니다.

벚꽃이 피고, 노을이 물든 순간, 겨울의 서늘함, 그리고 우리를 감싸는 나무들의 존재가 나를 감동시켰습니다.

이 감정들이 시로 표현되어 지금 이 자리에 전해지고 있습니다. 나의 작은 이야기를 이 시를 통해 간략하게 전하고 싶었습니다.

이번 기회를 통해 함께 시를 공부한 류옥진 교수님과 문우분들, 함께한 소중한 시간에 감사드립니다.

긴 여정 속에서 서로에게 영감을 주고받으며 성장한 순간들이 시집에 담겨 있습니다.

이 시집이 독자들에게 같은 감동과 공감을 전할 수 있기를 진심으로 바랍니다.

마지막으로, 이 시집을 읽는 누군가에게 나의 감정과 이야기가 공감되어 함께 감동할 수 있으면 이 모든 노력이 더욱 의미 있게 다가갈 것입니다.

독자 여러분과 함께 나눌 수 있는 이 소중한 순간에 감사의 말씀을 전합니다.

보름달

어두운 밤하늘에
별들이 수놓을 때

반짝이는 별처럼
두 손 모으고 소원을 빌어본다

왠지 별빛이 흐르는 사이로
내 소원이 이루어질 것 같은

달님도 내 맘 아시겠지
말하지 않고 빌어보는 나의 소원

노을

붉게 물든 저 하늘에 마법이 펼쳐지면
물결처럼 흐르는 분홍빛 구름들이
하늘을 유영하며 화려한 옷을 걸친다

태양과 이별을 준비해야 하는 시간
사라지는 분홍 사이로
나의 하루도 저만치
추억으로 멀어져 간다

기다림을 아는 사람은 행복하다
나의 노을도 이제 곧 다가오겠지

벚꽃

쏟아지는 햇살이 빛나고
바람도 참 좋은 날
꽃잎 하나하나 떨어지며
새로운 옷을 준비하는 너

봄인가 싶더니
너의 흔적이 서서히 옅어져 가는 시간들

매년 봄이 오면
너와 함께한 그 기억들이
내 마음속에서 피어나겠지

그런 사람이고 싶다

봄 햇살 내 마음 감싸주듯
따뜻한 그 느낌으로 너를 감싸주고

여름 태양의 열정이 불타오르듯
내 깊은 영혼이 너를 사랑하고

가을 쓸쓸함을 품어
멀어져가는 너를 애틋이 보내며

겨울의 차가움 같이 세상을 더 깊이 이해하여
내 안의 고요한 공간으로 만들 줄 아는

그런 사람이고 싶다

친구

바쁘다는 삶의 핑계로
서로에게 소홀했었지만

어린 날의 미소와 꿈은
늘 함께인 친구야

갈 길이 달랐지만
서로의 성장과 꿈을 응원하며 참 행복했지

아플 때도 기쁠 때도
언제나 너는 내 편인 친구

우리 마음속에 천년 우정이
변함없이 함께하길 바래본다.

나무

햇살에 반짝이던 화려한 너의 모습
화려한 너의 모습 온데간데없고
비 온 뒤 앙상한 가지만이 나를 맞는다

사계절 다른 옷을 입는 너도
어느 날 많은 생각을 하지 않을까
계절마다 바뀌는 너의 다른 모습에서

내가 아닌 나의 다른 나를
나의 다름을 비추어 본다

우리는 서로의 다름을 인정하며
새로운 우리의 모습에 대해
고민한 적이 있었을까

가을이 지나고
겨울이 오는 이 시간에
화려한 너의 모습을 생각하는 건 나의 꼰대 짓일까

마침표

내 하루의 마침표가 찍히는 시간

하늘을 뒤엎는 저녁노을
푸르게 시작하여 붉게 물드는 너는
오늘을 수고한 나의 선물

뉘라서 너를 닮을 수 있을까
네 모습이 사랑스럽다 못해 얄밉다

내 인생의 마침표가 찍히는 순간에
나, 오묘한 너의 색깔을 가진
사람이고 싶다.

첫사랑

서툴렀던 사랑
행복했던 우리

두근두근 설레임
영원하리라 믿었던 바람

첫걸음이라 그리 좋았을까
헤어짐이 이리 아플 줄이야

긴 세월 속에 옅어진 그리움조차
선명한 눈물자국으로 다가온다.

가을 일기

그 아이의 양 갈래머리는
어느새 희끗희끗 백발 머리가 되어

기억하고 싶은 날들
지우고 싶은 날들
모든 날들이
추억 속 날들로 변해버렸다

눈앞의 시간과
내 마음의 시간은
얄궂게
다른 시선으로 어긋날지라도

시간의 계단을
한 칸 한 칸 올라가
하늘 높은 가을이 다가오면

수확한 행복 한 스푼
나누는 그리움 한 스푼
마음에 담는다

겨울 편지

눈이 내리는 하얀 겨울날
멀리 있는 너에게 쓰는 편지 한 장

함께 나눴던 시간의 숱한 이야기들을
글자 한 자 한자에 그리움 담아 띄워 보낸다

뭐가 그리 좋았는지
왜 서운했는지

비록, 너를 볼 수 없다 해도
소중한 추억이었다

찬 바람이 불어올 때면
내 마음 겨울의 언어로 따뜻함을 전해본다

겨울

나도 모르는 사이 스며들어
내 마음 깊은 곳에 앉아버린
싸늘한 바람

겨울이라 말해주는 차가움에
이유를 알 수 없는
쓸쓸함이 고개를 든다.

지금 이대로
쓸쓸해지리라

이 계절의 끝자락에서
따뜻함을 가득 채워줄
계절이 언젠가 온다고 믿기에

인연

서두르면
잘못 끼워진 단추처럼 어긋나고

손뼉도 마주쳐야 소리가 나듯
만나야 인연인 것

기다림 끝에
기막힌 타이밍이
나에게 다가온다

오는 인연의 설렘에 기뻐하고
가는 인연의 아쉬움에 슬퍼 말자

만날 인연은 언젠가
다시 만나고
헤어질 인연
억지로 이어갈 수 없으니

내게 있는 인연에
소중한 사람으로 남고 싶어

박서현

작가의 말

아직은 작가의 마음이 서툽니다.

시인에게서 배우는 것이 너무도 많았습니다.

닮고 싶습니다.

글을 쓰면서 새를 손으로 쥐듯 섬세한 감각으로 나를 다루
는 법도 알아갑니다.

내가 나를 보호하는 것이 나와 가까운 사람들의 삶도 보호
하는 것임을 깨닫기도 합니다.

아름답고 간결한 시어詩語의 옷으로 내 삶을 엮어 가는 것
이 내 살에 온기를 더하는 것임을 느낍니다.

나의 꿈이 첫걸음을 걷습니다.

상추밭

뜨거운 태양과 바람
모순의 늪에서 여름이 자라며
하늘에 걱정 하나를 널었다

모퉁이 상추밭에
묵상하는 고추잠자리
꼬리만 까닥까닥

오호
너도 걱정을 드는 중이구나

올여름
상추 참
잘 자라겠다.

어머니와 책

사시사철
논에서 들에서 농사일로
바쁘셨던 어머니

엄동설한 보릿고개에
김치 반찬 하나로
식사하시면서도

헤진 옷섶 기워 입으시면서도
아끼지 않은 것

공부하란 말 대신
내미는 것
그건 책이었다

어머니께서 새겨주신 책 읽기는
나의 소중한 자산

이제 내 아이들에게
나도 책으로 하고픈 말

국화 茶

가을 햇살 한 자락이 다가온다

따뜻한 찻잔 안에서
제 몸을 녹여 낸다

노란 그리움 한가득
고마운 마음 한웅큼
고운 사랑잎 몇 잎 살랑거리며

가만히

그렇게

가을이 내 몸속으로 스며든다

할미꽃

홀로 땅만 보고 피는
네 모습이 애처롭다

하늘을 향한 나무들이
가까이에 있지만

고집스런 너의 시선은
아래로만 향하고

서로 의지하며 사는 것이
세상의 이치거늘

고독한 삶을 지켜내야 하는 너
눈물겹다

굽은 듯 꿋꿋한 네 모습에
나 살아가는 지혜를 배워보고 싶다

오늘

매일 떠오르는 태양은
내 집 현관을 방문한다

문살에 커다란 그림자를 만들며
저 멀리 건물 위에서 나를 지켜본다

어제와 같은 오늘이 아니라고
아침 공기가 따스하게 내 몸에 닿을 때

기쁨도 슬픔도 모두가
새롭게 시작된 순간이라고

햇볕은 조금씩 움직이며
나를 설득 하네.

제주 여행

제주 현무암
해풍에 맞서 견디어 온 세월만큼
까만 몸으로 푸른 바다를 안고 살고 있고

파도에 휩쓸려
시간이 위로 아래로 바다에서 철썩거리며
감미로운 오케스트라 연주를 하는 곳

바람 따라 돌 틈 속에서 피어나는 한 송이 꽃처럼
우리들의 웃음도 우정도
소중한 여행으로 함께한다

제주에서 핀 우리는
사랑의 꽃으로
추억으로 핀다

청사포에서

하늘과 바다가 만났다
햇살이 차가운 바람결에 실려
눈이 시리듯 청아하다

얼마나 아름다운지
눈을 뗄 수 없을 만큼
겨울 바다의 내음을 들이킨다

양팔을 벌려 호흡할 때
상쾌한 기분에 머리와 가슴이
새로이 태어나네

바람에게 길을 묻지 않아도
나 너 우리는
주거니 받거니
새로이 동무가 된다.

너를 보면

잠든 너를 가만히 바라보니
종종 나의 얼굴이 보이네

들여다보는 내 모습이
네 얼굴을 닮은 것이냐

꿈을 꾸는 네가
나를 닮은 것이냐

잠든 이는 너인데
꿈을 꾸는 이는 어미이니

네 꿈을 빌려다
내 모습에 비추어 보니

내 청춘의 한 모습이
여기에 있었구나.

만학晚學

이순耳順을 바라본다
처음 본 손님처럼
낯선 문지방에 들어선다

높을 것 같았던 그 문
학문의 문턱을 새로이 깨닫는다

희망의 주먹을 꼬옥 쥔 채
두려워하지 않으며
가보지 못한 길을 걸어가리라

삶의 의미를 찾을
아름다운 선택이었노라 믿으며

배웅

추적추적
가을비 내리는 날

매콤한 가자미조림 냄새에
문득 어머니 생각이 난다

먼 길 떠나
다시 오지 못하는 것을 알지만

마당 한 켠
사소한 음식 냄새에도

가을빛에
바래진 국화 향기에도

애틋한 그리움이
가슴으로 몰아쳐 다가오고

오늘도 이렇게
소리 없는 그리움을 눈물로 배웅하네.

전효선

작가의 말

시를 쓰는 나에게 있어서 한낮, 풀벌레 소리, 별빛, 바람, 햇살 같은 자연의 아름다움은 끊임없는 영감과 위안을 주는 존재입니다. 그 아름다움을 표현하며, 소중한 순간의 감정을 시에 담고 싶었습니다.

때론 지하철을 타거나 차를 몰거나 시골을 갈 때에도, 사진을 볼 때에도 감정은 느껴지는데요. 그런 순간들이 나에게는 더욱 소중하고 특별한 시간이 되어줍니다.

시를 통해 여러분과 함께 여행하고 쉬며, 제 생각을 나누고자 합니다. 자연과의 소통을 통해 일상 속에서 느끼지 못했던 감동과 아름다움을 느낄 수 있는 기회를 제공하고 또한 어떤 상황에서도 우리가 서로에게 더 많은 사랑과 관심을 보내고 상대방을 지지하고 격려한다면 서로를 더 잘 이해할 수 있다고 생각합니다.

서툰 시지만 읽어주시는 모든 분들께 진심으로 감사의 말씀을 전하고 싶습니다. 특히, 책을 편찬할 수 있게 도와주신 류옥진 교수님께 깊은 감사를 드립니다. 또한 항상 솔선수범해 주시는 장귀숙 회장님과 차윤희 총무님께도 감사의 말씀을 전하며, 항상 평안하시길 기도드립니다.

감사합니다.

오후 5시 퇴근

스케치한 하늘은
지하철을 타고 가는 당신을
자유롭게 날게 하겠지

이제 만나지 못할
오늘 일상들을
반짝이는 네 모습에
피식 웃음 짓게 하지

하나둘 스쳐 지나가는
건물들 사이
연하게 스며드는 노을에
삶이 실려 오네

당신과 붉은 눈맞춤 할 때
쉿 비밀이야
설렜던 오후 5시 퇴근

나의 삶, 나의 꿈

내 꿈은
아주 평범해

나의 삶에
사랑 한 스푼
건강 한 스푼
돈 한 스푼 넣어
쳇바퀴 돌 듯 돌고 도는 거야
그게 다야

난 지금 말야
나는 꿈을 꿔

평범한 나의 삶에
도전 한 스푼
노력 한 스푼
일 한 스푼

기쁨을 나누며
슬픔을 이기며

비를 내려도 햇살을 품으며
언제까지나 꿈을 위해서

여전히 멋진
쳇바퀴만 돌고 있는 나의 삶

우린 그냥 살고 있어요

양떼구름 사이
옅게 드리운 눈썹달
네 어깨 살포시 기대어 뜰 때

가슴속
떠오르는 모습
함께했던 우리
차오르는 눈물

모든 것이 달라진 게 없는 그 밤
오직 먼저 간 너로 인해 어둠 짙어진 마음
어루만져 주는 달빛

우린 그냥 살고 있어요
가만히 하늘에다 말한다

된장찌개

바글바글
온통 시끄러운 소리처럼
가득 찬 구수한 내음

식탁 위 국그릇에
호박 두부 된장이
참 조화롭다

오늘
나를 스쳐 갔던 사람들
내가 다녀왔던 그곳의 이들

모두가 된장찌개처럼
구수하고 편안한 하루
보냈을까

옅은 미소와
조잘대는 소리가
내 국에 잘 스며든다
감사히 잘 먹겠습니다.

바위틈에 핀 꽃

하늘 끝닿아 있는
그 커다란 바위틈에
뿌리를 내렸다

발 디딜 곳 없어 외로이 견딜 때
가끔 초록 잎에 스미는 빛줄기는
엄마 품처럼 따스했다

먼발치 웃음소리
좁디좁은 이 바위틈에서
그대의 반가운 마음을 맞이하노니

그대 행복을 위해
나 기꺼이 바위틈에서
분홍으로 피어 나리라

설레임

흰여울 문화마을로
소풍 가는 날

널 기다리는 거북이 시간
한들한들 가벼운 발걸음

철썩거리는 흰여울 바람에
나도 모르게 띄우는 엷은 미소

서로 다른 길로 달려왔으나
이젠 한길로 마주한 인연들

먼발치 그 모습이
햇살이어라

담쟁이넝쿨

겨울바람에 비실비실
시린 차가움에 위태롭다.

차가워 말라가는 줄기가
떨어질 때면
서 있는 돌담 벽이 넝쿨을 안고 있다

아침 햇살에 붉게 물들고
겨울 이슬 맺혀들 때

고마움 안고
다시 올 초록빛 잎사귀 피우려고
오늘도 꽃눈을 만든다

아침

고요함 사라지고
새벽닭 소리 가득 품은 골목길

반짝이며 서로 뽐내는
이슬 먹은 풀잎들

온 동네 붉은 햇살에
진한 아메리카노 내 입술을 탐하고

그대 깊은 향에 번지는
내 엷은 미소

창가 끝 햇살 하나 내 얼굴 쓰다듬을 때
아침 참 평화롭다.

도돌이표

바래진 색을 알 수 없는 사진 속 어린 꼬마
꼭 잡은 커다랗고 따뜻한 아빠 손이
얼마나 좋았을까?

흑백의 기억 속
하얀 잔디 위에 꼬마가
손잡고 있는 엄마는 참 곱다

손에 들려진
추억하나 행복하나에
저절로 배시시

웃음으로 들어오는
우리 꼬맹이들
그래 손 꼭 잡아줘야지

그때 그 시절 내게 왔던 사랑은
이제 아이들에게 간다
지금 아이폰에 도돌이표 사랑이다.

나의 스승님

익숙한 그 길 그냥 걷던 곳
어느새 문득
내 발걸음이 멈춘다

늘 똑같이 돌고 도는
시계바늘이
다시 두렵다

미소 짓는
평범한 내 모습
아무도 모르는
막막한 내 모습

내가 가야 하는 길
혼자 걸을 때
의미 없다 고민할 때

사실
당연한 듯이 함께
발맞춰 주셨다.

옆에 늘 계시는
나의 스승님

숲의 의미를
나는 보지 못했다.

당신께서 밟으셨던 곳
그 의미를 깨닫게
한걸음
한걸음
맞춰주신다.

돌고 도는 시계바늘이
의미 있는 과정이라고

파도에 휩쓸리듯이
늘 놓지 말거라

푸른 숲 새소리
따갑지 않은 햇살에

발걸음 같이 걷던
스승님과 기억이
불현듯 떠오른다.

오늘도 내 마음
열정으로 채워보리라

시골 할아버지

논두렁 구불구불
길을 따라가다 보면
조용한 초록색 지붕이 있습니다.

처마 밑에 앉아있는 시골 할아버지
늘 흰 메리야스를 입고 입가에 엷은 미소를 지으며
가녀린 팔로 내 손 잡아 주셨습니다.

온 가족은
방에서 다닥다닥 붙어 누워 있고
어느새 마당엔
왁자지껄 고추들이 눕고

늦은 밤
풀벌레 소리 평화롭게
온 세상을 초록색 지붕 아래 눕습니다.

처마 밑 말려 놓은 고추 바구니는
더 이상 우릴 반겨주지 못하는 할아버지처럼
말라버린 자태로 대롱거리고

헤어지기 싫어 생떼 부리던
나의 눈에 차오르던 눈물은
이제 그리움이 되었습니다

논두렁 구불구불 길을 따라가다 보면
초록색 지붕이 있는
그 자리의 할아버지가 보고 싶습니다

다이어트

널 365일 매일 생각해 네가 꼬리처럼 따라다녀
널 가지려면 정말 오래 고민해야 하고 어렵더라.
난 노력한다고 했는데 넌 늘 한결같아
행복보다 늘 눈물과 아픔을 주는 너
네가 주는 행복
난 가질 수 없는 거니?
넌 왜
하늘의 별만큼 멀리 있는 거니?
넌 왜 이렇게 나에게 요구하는 게 많은 거니?
넌 왜 내가 좋아하는 걸 하지 못하게 하는 거니
오늘도 널 생각해.
제발 나에게 와줘.
내가 더 잘해볼게.

첫 물든 가을날의 그리움

류옥진 시인

    한여름 땡볕을 이겨내고 누르스름 익어가는 가을 들녘의 벼 이삭들이 풍성한 자태를 뽐내는 시간.

    풍파에 자라지 못한 잎새가 그 풍성한 가을을 담고 바람을 담고 햇살을 담아 고운 단풍물 들이는 것을 본다.

    그 고운 자태는 눈물스럽고 행복스럽다.

    시인 장귀숙은 가장 평범하면서도 가장 고귀한 가족들과 긴한 이야기들을, 가슴 깊은 곳에 묻어 두었던 육십여 년의 시간을 누에고치에서 명주실이 뽑히듯 삭혀내고 있다.

    누렇게 물든 대지

    먹지 않아도 배부르니

    나는 부자다

    여문 벼 이삭 고개 숙인 모습

겸손을 가르쳐주니
나를 돌아본다

빠알갛게 물든 고추
푸른 시절 잊었을까

나팔꽃 줄기 따라 피어
끈기 있게 오르라 말하고

구절초 향기에 사랑 찾는 벌 나비
영원히 살 것 같이 사랑하라 한다   ─「가을 들녘」 전문, 장귀숙

　살아오면서 만나는 많은 인연들로 채워진 인생의 들녘이 먹지 않아도 배부른 가을 들녘처럼 풍성한 시인은 익을수록 고개를 숙인다는 속담처럼 자연에서 얻은 겸손을 실천으로 생활하는 것을 시에 그대로 담았다.
　추수를 앞둔 가을 들녘처럼 삶의 과정 속에서 무엇이 중요한지를 되돌아보게 한다. 젊은이들에게 들려주고 싶은 많은 이야기들을 가슴에 품고 있는 시인은 자신의 처지에서 끝끝내 성공을 거둘 수 있음을 그들에게 말해주고 싶어 한다.

장미꽃 넝쿨 아래
남몰래 피어난 잡초
예초기 소리에 땀이 흐르고

풀냄새 코끝을 두드리며

이마를 쓰다듬은 바람 따라

어디선가 다가오는 풋풋한 향기

누가 잡초라 했나

향기마저 잡초일까   −「잡초」 전문, 장귀숙

　　한여름 땡볕에서 강한 햇볕도, 거센 비바람도 강인함으로 이겨내고 잘 자라는 잡초지만 사람들의 풀베기는 어쩔 수 없는 운명이다. 그처럼 절박한 삶 속에서도 그들만의 풋풋한 향기로 시인의 감성을 두드린다. 사람들이 잡초를 짓밟고 없애기 위해 땀을 흘린다. 그 속에서 바람 타고 오르는 그 잡초의 향기는 오히려 우리에게 힐링을 주고, 시인의 신성한 땀은 조그마한 텃밭에 풍성한 과실들로 답해주고 그러한 시인의 결실 속에서 잡초는 향기를 남기며 한편의 시속으로 들어왔다.

부지런히 오가는 세월이지만

늙지도 않는 울 어머니

오래된 감나무 아래

옥색 치맛자락 고이 잡고

고추 푸대 머리에 이고

어린 자식 배 채우려

십 리 길 돈 사러 가시던 어머니

이쁜 자식 생각
미소 가득 지으며
대문을 나선다

가을 햇살 늙은 감나무잎을 비추고
옥색 빛 어머니 치맛자락 내 가슴에 물든다

- 「옥색 치마」 전문, 장귀숙

시인의 깊은 곳, 자식들에 대한 사랑을 심어놓은 씨앗은 어머니의 첫 파종이었으리라. 시인의 어머니는 오래전 젊은 어머니의 모습 그대로, 십 리 길도 마다하지 않으시던 어머니의 모습 그대로, 옥색 치마를 입으시고, 머리에 고추 부대를 이시고, 미소 가득한 모습으로 50년의 세월을 넘어 시인의 가슴에 살아 있다. 오래도록 그리운 그 사랑이 딸에게로 향하고 있음을 짐작하게 하는 「딸래미」의 시의 일부이다.

이웃집 아이들에겐 선생님
엄마에겐 조교님
형제에겐 리더님
우리 집 보배　　　　　　　　　　　- 「딸래미」 중 일부, 장귀숙

부부는 일심동체
누가 그런 거짓을

참 잘도 지은 말이군
부부는 각각 등보체인 것을

・ 있으면 좋고
여행 가면 더 좋은

밥 달라 물 달라

이젠 혼자서도 할 수 있어야지
저승 갈 때는 더욱이 혼자 가야 하거늘

－「소소한 전쟁」 전문, 장귀숙

시인의 글은 무뚝뚝한 일상을 투덜대듯 표현하고 있지만 「소소한 전쟁」은 남편과의 오래된 시간을 편안함으로 친근하게 표현한다. — 이젠 혼자서도 할 수 있어야지/ 저승 갈 때는 더욱이 혼자 가야하거늘 — 혹시 모를 시간, 함께 보다 혼자 있을 수도 있는 그 시간들을 걱정하지만 서로에 대한 애정이 소소한 전쟁으로 깊어짐을 우리는 알고 있다.

동짓달 기나긴 밤 울엄마 물레 소리
하얀 실 따라 나는 노랫소리는

손풍금 소리처럼 까만 밤을 울린다

물레가락 끝 무명실이 한숨으로 감기면

씨줄과 날줄이 서로 얽혀들며

어느새 배 한 필이 짜이듯

스물셋 청상의 서러움은

베틀 위에서 녹아들고

긴 겨울밤 어머니의 그리움은

새벽닭 울음소리에 들창을 열고

동트는 먼 하늘 바라만 본다   ─「무명꽃」전문, 최진숙

　　시인 최진숙은 켜켜이 쌓인 세월 속에 묻혀 있는 기억들이 가감 없는 언어로 풀어내고 있다. 1950년 한국전쟁 중 태어나 대한민국의 역사를 그대로 겪어 온 시인의 언어는 그대로가 야사이다. 변해 가는 언어의 모습들을 그대로 옮겨 놓지 못한 안타까움은 소통을 위한 변명이라고 해둔다. 목화에서 솜이 나오고 그 솜을 타서 무명실을 뽑아내기 때문에 목화꽃을 무명꽃이라고 불렀다. 오래전 목화솜으로 실을 뽑는 물레는 여인들이 밤새 돌려서 한밤에 무명실을 뽑아 무명천을 만들었는데, 열한새 베 한 필은 무명실로 720올의 날실로 짠 베로서 열한 번의 씨줄과 날실이 가로세로 짜여서 만든 천으로 아주 촘촘하고 부드러운 베를 일컫는다.

　　긴긴밤, 스물셋 청상이 된 어머니의 서러움과 그리움이 베 한 필로 만들어진 것이리라. 돌아가는 물레 소리는 어린 단잠의 소녀에

겐 손풍금처럼 들렸고 노년의 나이가 되어 보니 속절없이 어머니가 그립고 긴 어둠이 지나고 새벽이 오면 더욱더 그리운 어머니 생각에 동트는 하늘에 그리움을 걸어두었으리라. 그 그리움 따라 들어오는 숱한 기억들, 「그때 그 시절」에 잘 표현되고 있다.

솔가지 꺾어다 고래 굴에 밀어 넣으면
솔향기 가득한 아궁이 연기에 나는 눈물이
내 설움 씻어버린다

군불 땐 따뜻한 아랫목 엎드려
솔잎 서너 개 입에 꼭꼭 씹으면
달콤 텁텁한 향기가 입안에 감돈다

향로성냥 목각 위에 종지불 얻어 놓고
글줄이라도 읽어 볼라치면
문풍지 샛바람에 불꽃이 흔들려
앞머리는 사르르 타서 노랑 내음으로 방안을 메운다

—「그때 그 시절」 전문, 최진숙

옛날 풍경을 그대로 옮겨 놓은 듯한 이 시는 경험치가 없는 세대들에게 낯설게 다가올 수도 있겠지만, 무척이나 정감 있고 투박한 서정의 시이다.

군불을 때던 그 시절 소나무 가지는 마른 장작만큼이나 잘 타는 나무라서 장작 나무가 없을 때 대용으로 많이 쓰이긴 했다. 소나무

가지는 연기가 많이 나는 단점이 있는 반면 솔향기가 은은히 좋은 나무이다. 그리고 성냥의 대표적인 상표인 향로성냥은 70년대 말에서 80년대 초까지 집집마다 상비약처럼 가지고 있던 것이었다. 그 성냥으로 촛불을 밝혀 책을 읽게 되면 가끔씩 앞 머리카락을 태우기도 했는데 방안을 메울 만큼 고약했을 수도 있는 그 노랑내마저도 시인은 아련한 추억으로 기억한다.

시간이 많은 것들을 해결해 준다는 것을 알고 있는 시인은 황혼이 아름다운 시간임을 「노을」 시에서 밝히고 있다.

참
곱다 노을이
곱디고운 오방색 물감을 들이부었다

뉘의 올망졸망한 꿈도
지나간 세월도
제각각 색을 갖고 노을을 그린다

한낮의 작열했던 햇살이 산 너머 숨었고
산마루는 조금씩 어둠에 묻히는데
노을은 여전히 꽃 그림이다

청춘들의 아름다운 사랑이 핀 꽃밭이었다가
우리들의 행복한 둥지였다가
내 인생의 뒤안길이었다가

새털구름이 색을 입는다

지무는 하늘이

참 곱다   – 「노을」 전문, 최진숙

    한 낮의 작열했던 햇살이 산 너머 숨었고/ 산마루는 조금씩 어둠에 묻히는데/ 노을은 여전히 꽃그림이다/ 중략/ 우리들의 행복한 둥지였다가/내 인생의 뒤안길이었다가… 시인의 칠십년이 온통 거대한 사건들로 뒤덮혀 있지만 기찻길 옆 아기 잘도 자듯이 자신의 길에 열중하며 살아온 시인은 스스로도 대견하다 할 것이다.

햇살의 간지러움을 참지 못해

함박 미소로 활짝 피었구나

한올 한올

꽃잎들이 떠나가기 아쉬워

바람의 힘으로

온 세상 머리 위에

꽃비를 뿌려주고

우리의 마음에

웃음보따리를

한 아름 선물한다

봄은

꽃들의 아름다운 이야기로

하루해가 저물어 간다   － 「벚꽃」 전문, 정순희

  시인 정순희는 하늘거리는 코스모스를 닮은 감성으로 예스러움
을 지향하고 있다. 벚꽃이 바람에 한들거리며 피는 것은 간지러움
을 참지 못한 까닭이고, 떠나기 싫어서 온 세상의 머리 위에 뿌려지
는 것이다. 봄은 온갖 꽃들의 이야기로 우리에게 미소를 주는 선물
이다. 봄이 시인의 깊은 곳에 숨겨진 옛 감성을 끌어올리기에 충분
한 것은 바람에 한들거리고 온 세상을 하얗게 만드는 꽃비 때문이
아니라 겨우내 얼었던 땅이 녹으며 속삭이는 밀어들을 들었음이다.
봄은 시인에게 있어서 기억이고 추억이며 곧 아버지이다.

  햇빛 따스한 어느 봄날

  산 중턱에 어린아이가

  햇살을 가득 안고 앉아있네

  봄이 되면 어린 나를 데리고

  지게를 등에 업고 나무하러 가시던 아버지

  나무들이 잎을 꺼내고

  강가의 버들강아지는 바람의 장단에 맞춰

  흥에 겨워 활짝 웃음을 머금고

정말 봄이 왔네

새순 올라오는 취 순을 먹이고 싶어

봄에만 데리고 다니셨지

그리운 나의 아버지

보고 싶다   − 「아버지」 전문, 정순희

　부모는 늘 자녀에게 주기만 한다. 아낌없이 주는 나무, 그가 곧
바로 아버지이고 어머니이시다. 나무에게 가장 소중한 계절은 봄이
다. 만물을 소생시키며 늘 우리에게 다가오는 햇살은 곧 봄의 전부
이며 봄은 나무의 부모이다. 그 봄 속에서 나무가 자라듯 우리 모두
는 부모 속에서 자라는 것이다.

온산이 소금을 뿌려놓은 듯

하얗게 반짝이며 눈이 부신다

푸르던 내 청춘은

어느덧 가버리고

머리에는 하얀 서리가

내리고 있네

바람에 몸을 맡기고 이리저리

흔들거리고 있는 억새처럼

앞으로 남은 삶도

세상을 온몸으로 안으며

잘 살아 내겠지   −「억새」전문, 정순희

　봄여름이 지나 가을이 오면 온 산에 단풍이 물들고 억새는 물결을 이루며 우리가 젊음을 그리워하는 모양을 그대로 나타낸다. 세세 천년동안 바람에 흔들리는 억새처럼 나이 들어가는 많은 이들은 살아온 만큼 살아갈 날들의 행복을 기원하기도 한다. 이왕이면 멋진 모습으로 늙어가기를 원하는 것이다. 정순희 시인이 바라는 것이 바로 여태 살아온 모습처럼 앞으로도 잘 살아 내는 것이리라.

희미한 달빛 그늘

먼바다가 보이는 산자락에

수줍은 보조개로 피고

바위틈에 숨어 소리 없는 눈물로

바람 따라 떠돌다

수평선의 너울이 되고

가녀린 몸에 부딪히는

하얀 바람을 닮아

여름날 눈꽃으로 흩날린다

한겨울

바람의 씨앗이

슬픈 추억을 안고 갯바위에 내려앉는다   – 「바람꽃」 전문, 마서영

시인 마서영은 굵은 감정의 선이 날것으로 붉어져 꿈틀대다가 어느 낯선 곳에서 어리둥절한 큰 눈이 되어버린 듯, 시어들을 쏟아 내고 있다. 하얗게 앙증맞은 바람꽃이 바위틈에 숨어 있는 것은 바람을 따라 가지 못하고 그만 바위에 남겨져, 슬픈 추억으로 달빛 속에서 꼭 다문 입술에 보조개가 피는 것을 시인은 슬퍼하고 있다. 바람꽃이 바람을 맞아서 바람꽃일까, 바람을 닮아서 바람꽃일까, 그저 바람의 씨앗을 안고 있기 때문이라고 시인은 슬프게 말한다.

꿈을 놓지 않고 달려온 길

질기게 끈에 이끌려 온길

쪼갠 시간들이 보석으로 영글어

모자이크 같은 인생이 빛난다

좀 더 쪼개고

좀 더 다가갈 걸

안타까운 지난 시간

설레는 다가올 시간

조용한 생에 불꽃처럼 쏟아지고

갈무리의 시간 속에

후회의 손짓을 숨기고

또다시 꿈을 꾼다   -「갈무리」 전문, 마서영

하고 싶은 일은 많지만, 여러 가지 해야 할 일들로 돌아보지 못하고 살아가면서 여러 가지 일들이 모자이크처럼 인생을 꾸려가고 있다. 좀 더 쪼개고/ 좀 더 다가갈 걸/ 안타까운 지난 시간/ 설레이는 다가올 시간/ 조용한 생에 불꽃처럼 쏟아지고 … 여러 가지 일들을 위해 조금의 시간을 낼 수 있기를 바라며 더 많은 시간을 자신을 설레게 하는 일, 자신이 불꽃처럼 사를 수 있는 일을 할 수 있기를 원한다. 또한 늘 시간에 쫓기는 삶을 살아가더라도 꼭 잊지 말아야 할 것은 결코 후회하지 않는 삶을 사는 것이다. 어느 날 먼 길로 돌아가는 그날을 위해 쪼개진 시간을 하나씩 건져 올리는 꿈꾸는 낚시꾼이 될 시인을 생각해본다.

마주 선 거울 속에

만나고 싶은 사람이

그 속에서 활짝 웃고 서 있네.

먹같이 깊던 어둠 속에서도

별빛처럼 빛났던 너

50년을 거슬러 지나온 그 길 위엔

많은 추억이 피고 있네.

한 방울 눈물 머금고

달콤 한잔 사랑 머금고

황혼을 기다리는 너는

거울 속 저편에서

또 누구를 기다릴는지.　　　　　　– 「거울 속의 너」 전문, 마서영

거울 속에 있는 자신을 바라보는 태도는 다양하다. 시인은 자신의 거울 속에서 오래전부터 웃고 있는 어린 자신에서부터 황혼의 현재 모습까지 보고서 숱한 감정을 느끼며 미래의 자신의 모습이 궁금해진다.

한 방울 눈물 머금고/ 달콤 한잔 사랑 머금고/중략/ 거울 속 저편에서 /또 누구를 기다릴는지 〈거울 속의 너〉 중에서

시인 마서영이 기다리는 누군가는 어떤 모습으로 자신을 찾아와 주길 바랄까 궁금해진다.

쏟아지는 햇살이 빛나고

바람도 참 좋은 날

꽃잎 하나하나 떨어지며

새로운 옷을 준비하는 너

봄인가 싶더니

너의 흔적이 서서히 옅어져 가는 시간들

매년 봄이 오면

너와 함께한 그 기억들이

내 마음속에서 피어나겠지   ―「벚꽃」전문, 차윤희

　시인 차윤희는 어느 들에 피었다가 화분으로 새로 옮겨진 국화
같다. 살짝 쑥스럽긴 하지만 요염하게 피는 꽃, 바람도 햇살도 비도
모든 것을 품고 있지만 일체를 자신화 해버리고 차분히 피어오르는
국화 같은 모습으로 시를 쓰고 있다.

　바람이 몹시 부는 어느 봄날, 우리가 만난 그 하얀 벚꽃이 날리
고 봄을 시샘하는 바람으로 그저 마음으로만 봄을 맞이해야 했던 시
간, 다양한 모습으로 다가온 벚꽃의 모습을 개성 가득한 개인의 감
성으로 읊조린 벚꽃이 이 시집 곳곳에 앉아 있다. 시인 차윤희는 꽃
이 떨어지면 열매가 맺을 준비로 바빠진다는 것을 덤덤히 밝히고 있
다. 꽃잎 하나하나 떨어지며/ 새로운 옷을 준비하는 너

봄 햇살 내 마음 감싸주듯

따뜻한 그 느낌으로 너를 감싸주고

여름 태양의 열정이 불타오르듯

내 깊은 영혼이 너를 사랑하고

가을 쓸쓸함을 품어

멀어져가는 너를 애틋이 보내며

겨울의 차가움 같이 세상을 더 깊이 이해하여

내 안의 고요한 공간으로 만들 줄 아는

그런 사람이고 싶다　　　 -「그런 사람이고 싶다」 전문. 차윤희

　사랑은 따뜻함으로 시작해서 열정으로 불타오르고 쓸쓸히 이별
하는 것임을 알아서 마음에 고요히 추억할 수 있는 공간을 만들어
겸허히 받아들일 줄 아는 사람은 곧 사랑할 자격이 있는 것이다. 사
랑하고 이별하고 추억하며 보낼 줄 아는 사람은 시인이 된다. 그렇
게 시인이 된 사람의 눈에는 비 온 뒤 앙상한 가지 끝에 달린 빗방
울마저 눈물이 되고, 모든 사물에서 자신을 읽고, 나의 마음에 자리
한 타인을 찾는다.

　햇살에 반짝이던 화려한 너의 모습

　화려한 너의 모습 온데간데없고

　비 온 뒤 앙상한 가지만이 나를 맞는다

　사계절 다른 옷을 입는 너도

　어느 날 많은 생각을 하지 않을까

　계절마다 바뀌는 너의 다른 모습에서

　내가 아닌 나의 다른 나를

　나의 다름을 비추어 본다

우리는 서로의 다름을 인정하며

새로운 우리의 모습에 대해

고민한 적이 있었을까

가을이 지나고

겨울이 오는 이 시간에

화려한 너의 모습을 생각하는 건 나의 꼰대 짓일까

－「나무」 전문, 차윤희

꼰대는 젊은 세대들에게 듣는 말이다. 과거를 고집하는 것이 꼰대이긴 하지만 때론 그 과거가 현재와 미래를 만들기 때문에 아주 숭고한 일인지도 모른다. 봄이 지나고 여름 오면 연둣빛이 짙어져 초록빛을 띠고 여름을 지나면 노랗고 빨갛고 희얀한 색들이 햇살에 반짝이며 천연 가을색을 띤다. 가장 화려한 색깔이 아닐 수 없다. 그러나 앙상한 가지를 뻗으며 회색빛을 띠는 겨울의 모습도 우리는 사랑해야 한다. 꼰대가 되지 않기 위해서.

이순耳順을 바라본다

처음 본 손님처럼

낯선 문지방에 들어선다

높을 것 같았던 그 문

학문의 문턱을 새로이 깨닫는다

희망의 주먹을 꼬옥 쥔 채

두려워하지 않으며

가보지 못한 길을 걸어가리라

삶의 의미를 찾을

아름다운 선택이었노라 믿으며　　　　　-「만학」 전문, 박서현

　　시인 박서현은 삶 자체를 시로 살아온 듯 시가 생활을 안고 있
다. 시가 곧 삶인 것이다. 시속에 묻어있는 삶의 방식은 운명적 만
남으로 거역할 수 없는 만남처럼 풀어내고 있다. 만학도의 길이 낯
설고 힘들지만 하나의 목표를 가지고 무언가를 찾겠다는 아름다운
선택은 삶을 풍요롭게 할 것이다.

추적추적

가을비 내리는 날

매콤한 가자미조림 냄새에

문득 어머니 생각이 난다

먼 길 떠나

다시 오지 못하는 것을 알지만

마당 한견

사소한 음식 냄새에도

가을빛에 바래진 국화 향기에도

애틋한 그리움이
가슴으로 몰아쳐 다가오고

오늘도 이렇게
소리 없는 그리움을 눈물로 배웅하네.   -「배웅」전문. 박서현

　모든 사물에는 그리움이 있다. 그 그리움은 시도 때도 없이 우리 곁에서 눈물짓게 한다. 비 오는 날 옆집에서 풍겨져오는 가자미 조림 냄새에 어머니는 눈물로 오시고 언제쯤 아무렇지도 않게 받아들일 수 있을지, 어쩌면 그 눈물을 배웅하면서부터가 아닐까 생각해본다.

홀로 땅만 보고 피는
네 모습이 애처롭다

하늘을 향한 나무들이
가까이에 있지만

고집스런 너의 시선은
아래로만 향하고

서로 의지하며 사는 것이

세상의 이치거늘

고독한 삶을 지켜내야 하는 너
눈물겹다

굽은 듯 꿋꿋한 네 모습에
나 살아가는 지혜를 배워보고 싶다　　　　　－「할미꽃」 전문, 박서현

　신비로운 보라색을 띤 할미꽃의 굽어진 모습은 영락없는 할머
니의 등이다. 그리고 꽃이 지고 난 후 산발한 할머니의 머리카락처
럼 휘어지는 수술들이 이름에 맞게끔 할머니의 모습을 하고 있다.
그 할미꽃은 우리 신체의 늙음의 대명사처럼 피고 진다. 고독하게
지켜내는 삶, 그 속에서 배워가는 지혜, 할미꽃이라고 늙은 생각만
하는 것이 아닐 것이다.

양떼구름 사이
옅게 드리운 눈썹달
네 어깨 살포시 기대어 뜰 때

가슴속
떠오르는 모습
함께했던 우리
차오르는 눈물

모든 것이 달라진 게 없는 그 밤

오직 먼저 간 너로 인해 어둠 짙어진 마음

어루만져 주는 달빛

우린 그냥 살고 있어요

가만히 하늘에다 말한다

－「우린 그냥 살고 있어요」 전문, 전효선

사람이 태어나고, 성장하고 병들고 죽어가는 사이클의 시간에서 죽음으로 인한 이별은 시간이 지나고 슬픔이 말라버려도 딱지 앉은 상흔처럼 덤덤히 지켜볼 수 있는 그때까지 아무것도 느낄 수 없다. 그냥저냥 살다보면 죽음은 어느새 받아들여져 있고 처음부터 그랬던 것처럼 살고 있다.

가끔은 눈이 부신 하늘 때문에, 새파란 바다를 달려오는 하얀 파도 때문에, 불어오는 바람에 낙하하는 잎새 때문에, 옷깃을 파고드는 찬바람 때문에 속절없이 눈물이 흐르는 것을 보았을 것이다.

시인 전효선은 그러한 감정을 놓치지 않고 그냥 살고 있음을 하늘에다 말하며 자신의 슬픔을 받아들이고 있다.

시인 전효선은 도토리를 모아 둔 다람쥐가 도토리를 어디다 묻어 두었는지 몰라서 당황한 표정을 본 사람 같다. "난 알고 있지롱" 하는 익살과 재치 그리고 순발력이 그대로 묻어난다.

스케치한 하늘은

지하철을 타고 가는 당신을

자유롭게 날게 하겠지

이제 만나지 못할
오늘 일상들을
반짝이는 네 모습에
피식 웃음 짓게 하지

하나둘 스쳐 지나가는
건물들 사이
연하게 스며드는 노을에
삶이 실려 오네

당신과 붉은 눈맞춤 할 때
쉿 비밀이야
설렜던 오후 5시 퇴근   ―「오후 5시 퇴근」 전문, 전효선

　마약 같은 월급을 받으며 왔다 갔다 하는 시계추처럼 일하는 샐
러리맨의 생활을 해본 사람은 누구나 이른 퇴근을 꿈꾼다.
　어쩌다가 정규 퇴근시 간보다 한 시간 이른 오후5시에 퇴근 하
게 되면 한 시간의 여유는 일 년의 시간만큼 소중해진다. 그리고 자
꾸만 웃음짓게 되는 자신을 발견하게 된다. 시인은 그러한 기분을
「오후 5시 퇴근」에서 익살과 재치, 그리고 순발력을 이용한 표현들
로 시를 쓰고 있다.

겨울바람에 비실비실
시린 차가움에 위태롭다.

차가워 말라가는 줄기가
떨어질 때면
서 있는 돌담 벽이 넝쿨을 안고 있다

아침 햇살에 붉게 물들고
겨울 이슬 맺혀들 때

고마움 안고
다시 올 초록빛 잎사귀 피우려고
오늘도 꽃눈을 만든다   ─「담쟁이넝쿨」 전문, 전효선

　　그런가 하면 전효선 시인은 넓은 통찰력을 가지고 있다. 담쟁이
가 벽을 타고 오르고 오르다 겨울을 맞으면 그대로 말라버릴지라도
돌담에 달라붙어 새봄을 기다린다는 것을 알고 있었다. 그래서 다
시 올 새봄은 담쟁이 넝쿨에게도 시인에게도 희망인 것이다.

　　늘 처음이라는 단어는 설레임이 있다고 한다. 첫눈, 첫사랑, 첫
걸음….
　　7명의 첫 시집을 내는 시인은 첫걸음이다. 7명의 시인은 늦은
가을날 바람 부는 갈대밭에 앉은 햇살처럼 평온하고 아름답다.
　　있는 그대로의 모습을 펄떡이는 연어처럼 쏟아내는 시들은 왠

지 익숙하지만 익숙하지 않은 듯한 언어들이 시어를 입고 우리들에게 쏟아지고 있다. 시인들은 이제 첫발을 디딤으로써 시의 세계의 문을 열었다. 이전의 세계와 다른 세계라 땅을 박차고 나와 아름답게 꽃피고 어느 날엔가 온통 꽃밭을 만들 그날이 오리란 것을 믿는다. 더디게 오는 시간일지라도.

첫 물든 시인들의 작품세계는 가을날의 그리움을 고이 간직한 낙엽 같은 시이다. 앞으로 그들과 함께 발맞추어 나가는 시의 세계가 무척이나 기대된다.

늦게 핀 박꽃

2023년 12월 14일 펴냄

지은이 │ 장귀숙 최진숙 정순희 마서영
        차윤희 박서현 전효선
편집인 │ 류옥진
펴낸이 │ 박윤희
펴낸곳 │ 도서출판 소요You
디자인 및 편집 │ 박윤희
등록 │ 2013년 11월 12일(제2013-000009호)
주소 │ 부산시 중구 대청로137번길 11
전화 │ 070-7716-9249
팩스 │ 0505-115-5618
전자우편 │ pyh5619@naver.com

ISBN 979-11-88886-21-0-03800
10,000원